河野郁夫歌集

さびしくてつらくても、
がんばろうとしている
人がいるから、「短歌う
つくし宣言」ここ。

青磁社

＊目次

Ⅳ、ずっと追いかけて、

119

歌集

さびしくてつらくても、
がんばろうとしている人がいるから、
「短歌うつくし宣言」ここに。

河野郁夫

わたしは歌を

歌をうたえたらと思っていたんだ　わたしはこれから世界をうたう

こんなに真剣に短歌を　それは人を、自分をうたうからだと信じて

Ⅰ、立って、歩いて、うたう、

わたしは二〇二二年七月十一日に自転車事故にあい、入院、手術、そしてリハビリ病院に転院、十一月二十五日の退院まで入院生活を過ごしました。しかし圧迫骨折はさらに第四第二腰椎へと連鎖し再度の手術、その後自宅でのリハビリと通院生活を送っています。この歌集には二〇二三年十二月六日朝までにつくった歌を主として収録しました。

みぞれ降る一月二十三日歌をつくった　「静かな日の歌」とするよ

痛みが酷い日に歌をつくる　歯を食いしばり仁王になって

今日も痛いのは続く　「打たれ強いヤツ」とでも言うのか？

寒い日に加藤周一を読んだ　道が見え足に力が入る

戦前への道に抗してわたしは多喜二を読む　もうすぐ二月多喜二忌

入院したその日すぐに

「落としどころは新しい自分らしさ　最初のころとは違うはず」

「新しい自分らしさを」と言う院長先生の言葉から元気が生まれた

痛くつらく泣いた　肩に手が、窓もひらかれて気持ち少し楽にファイト！

吊り下がり歩行に「やった！」「声が裏返った！」　大騒ぎのリハ室

傷んだ身体に触れながらかけられる言葉　その言葉は宇宙から？

あと百回！　の掛け声に　歩かなくては歩かなくては　さあさあ
息ふーにフウ　痛いですねー　魔法の言葉に痛みが和らぐ
歩くんだ　歩きたいんだ　歩るけるように　明日のリハビリは誰れと

一喜一憂　がんばってに「も」がつく　でもあきらめないで

「ここにいる限り歩いて帰ってもらいます」と院長に励まされその気になる

リハビリスタッフ物語

やさしい声と笑顔のY江さん　理論があってやわらかな人
「三つめ目のぼた餅」食べても年頃には大丈夫と言われてたの　おばあちゃんに　でも、

和子さん「人のためになりたくてこの仕事」だから笑顔でやさしいんだね

新人一か月のK谷さん　おばあちゃんのご飯に寄り添う姿がとてもいいね

「ここを出て家でどうなってるかが問題」と竜Yさん　真剣さ学んだ日

「やあ！」とカウンターの向こうから両手振る　まるで手振りのモデルのよう

いつも気遣い熱心やさしくて　だからもうわたしもこたえるしかないのだ

朝から涼しい風が「もう秋かな」とリハスタッフが言う

変身！クリンクリンの髪黒縁眼鏡　絵本から飛び出してきたよ彼女が

やあ、久しぶりだね、変わらないあなたの表情。笑顔も声も

〈九月になって〉

リハの葉子さん突然の異動でいなくなる　頑張るよ　僕を見ていてくれ

額にしわを寄せ怒る　ちょこんと左横に座って短い話　うんうん

葉子さんが来てくれた　ハイタッチ　よかったね　うん（二月の結婚おめでとう）

君の短い「絶対歩けるから」のメモ　僕の手紙と交換して

今日は笑顔で時折疲れて　でもがんばる君は英雄だ

やっと会えたのに憎まれ口　今度は謝ることからはじめるから

〈新しい人〉

「飛躍とか奇蹟とか信じていいんですね　みんなに助けられてだけど」

「どんな人かと　お会いできてうれしいです　お手紙母に読ませていいですか」

この日夕方はじめての自己紹介で　なんて素直に思いを言葉にできる人なんだ

入職五か月の君は空から笑ってVサインして降りてきた　いや降ってきたんだ

必ず遊びに来て　まだ時間あるじゃないですか　さびしいです　忘れません

なにも言わないでじっとして　悲しさだけが涙だけが　それだけでいい
いいんです　忘れないから　お元気で　短い手紙ですメモではありません

〈屋上で〉

ここは屋上　若い頃駆け巡った東京の西半分が見える

屋上から富士山が見える　君が好きだ！　だから生きるんだ　空よ

鈴虫が、秋の風が、トンボとそろそろコスモスも　もう秋はゆく
うつくしい？　よく言われます　でも今日の空もきれいですね

クモガイッパイ

「おはよう今日の天気は?」「クモガイッパイ」「エッ曇り…」「!?」

自転車寒かったです　でもがんばってきました　ベトナムの娘幸せになれ

ベトナムの娘さん　歴史背負って懸命に生きて　世界と未来にはばたくんだ
忘れるものかベトナムの不屈の勝利と英雄的たたかいを★

歩けた！　歩ける！

車椅子　サークル歩行器　吊下がり歩行器　ピッキング歩行器　次は？

えーっ！　歩いてる　ほんとだ！　今朝まで歩けなかったのに　もうドラ
マだね

なにもできなかった河野さんがここまで　実はどうしてか分からないの

元気になったら君の街に行くんだ　会えたらコーヒー飲みたいな

リハ室のプラットホームはわたしの「滑走路」　さあ飛び立とう　歩こう
だね

「もう三か月に？　寂しくなるわね相談相手にとって」こんな表現あるんだ

そっそ　ソッソ　ソッソオッケーいいですねー　リズムにのせて歌うように

ここは、賢治さんの「広場」？

「仕合わせ」と書くのが好きです　出会って作っていくしあわせだから

また会えたらいいな　僕のまわりは君のことでうるさいくらいなんだ

なにげないどんなことでもうれしいのです　ここ談話室にいて

まもなく退院していく君が「楽しかったわ」　二人だけの朝の食堂広いね

最初の頃身体どこも動かず深刻で　それが次々と克服されて行ってね

いつも駆け足速足　ストップ！　ほら深呼吸をして看護師さん

昨日の笑顔きょうも　今日の笑顔あしたも　僕らを無視しないで

仕事終われば談話室は踊る人がいるんだ　これからいいことあるんだ

「おそようございます」「なにそれ？　大丈夫」「朝の挨拶なんだよ」と

届いた『戦没者画学生いのちの繪』無言館の絵　目をそらさずに読む

戦場の看護師にならないで！　いっしょに平和な世界をつくるんだ

東西の廊下　食堂　ここは人が行き交い　命が輝くかけがえのない広場
こだま…きみのこえが…やさしいことばをはこんでくる

退院の朝に

飛躍　劇的　奇蹟　何かあったわけではない　みんなでつくったんだ
少しだけ開く窓　そこからも見えた　建物と電柱の間に昇る太陽

いつまでも忘れないよがんばる君の姿　だからあなたも忘れないで

西の長崎でも夜が明ける　透析四十年の昇さんのお見舞いカステラ　ふと涙

ここはいつか来た町　せんべい屋さんがあって昔ながらの喫茶店があった

病院のなか何人の人がと思う　あの時の私の世界のすべてだった

久しぶりの君のメール　うれしくてスマホかかげ何かお礼をと頭を下げる

思い出したあの雪の日を　平和を呼びかけマイク握った石神井公園駅

働く集団を目の前にし　それも囲まれて私はそのなかにいたのだ確実に

歩いてここを出る　立つこともできなかったのに「ほらね」と誇らしく

ちょっとおしゃれして　白いシャツブレザー少しだぶだぶ　あと帽子

「退院おめでとう」「ほんとうにうれしいね」「わたしもしあわせになるから」

痛くてつらい毎日　でも楽しい不思議な病院　やさしい人達に感謝限りなく

みんなが「おめでとう」と訪ねてきた　ほんとに幸せでした　ありが…

二度目の入院、手術

「木村さんお熱は」「血圧はかるわよ」と朝六時の病室はにぎやかだ

ほっといて！ これでいいんだ。俺が知ってんだ俺の身体、うるさいよ

５０２の病室騒々しくてうるさくて　でもにぎやかでいいのかもね

もう明日は手術　執刀医、看護師長にがんばります！　とあいさつ

一時からの手術予定に緊張する　明日はご飯もない水もダメ

朝。外は晴れ気温も穏やか　午後手術「大丈夫だよだよ」と自分に言った

森と、五差路　原っぱ公園

観泉寺の森　学校　原っぱ公園にはさまれてある病院

一年ぶりにまた入院　やさしくみんなが迎えてくれた

病院のお昼に観る「のど自慢」　方南町のころは中華屋でワイワイと

リハ室が明るく、にぎやかに

リハ室で「オウ」「おう」とハイタッチ「元気だった」「うん、だったよ」

彼女も先生と呼ばれ　いつの間にか少女は大人になっていた

まあるい顔の笑顔の一年生はみんなに期待されています

ころんころん　かわいいこの言葉がぴったりの君に贈る

「あの子私の後輩いい子だよ頭いいしがんばるし後輩だからね」

「あの子の可愛さ去年の私くらいかな？　そう同じなんだ」

雲が　いっぱいから少なくなって　明るくなって今は晴れ、晴れ

外に出たいがダメなんだ　売店はいいんだよ　お菓子は？

この病院で生まれここで働く　とてもしあわせ　ちゃりで来てるの

よく聞かれるの「ひとりっ子?」「いちばん下?」って　私は長女よ（うふっ）

「今年二十三、二十一世紀生まれのわたしです」。と新人

〈富士山とスカイツリー〉

ほらスカイツリーが見える　ここは七階リハ室だ　いい所だね

住んでる町からは？　ううん全然　でも富士山が大きく見えるの

君の先輩がね、富士山見せてくれた　すごかったよここからも

五月の風に

退院はあさって　うれしいが不安も持って帰る「元気で行こう」

夜中から続く五月の雨　歩くにもきつい雨脚に「どうする?」

雨が止んだ　道の向こうの木々は、若葉は輝いているかな　見に行こう

五月にあこがれていた　うたおうと思っていた風、空、光、そして花水木

もっとうたうのだ花々や木、人。そして夏のはじまりも

五月を待っていたんだ「五月の風にふかれて」とうたうのだ

風にある　五月をうたうのだ　春を身に付け　次の夏も

いつからだった「サッチ」って呼ぶようになったのは？　最初が僕だよね

お隣が退院してね　外が見えて明るくなってねうれしくて
あの娘が言った「クモガイイッパイ」　今日も言ってるのかな

退院して

雨が降っていても今日は病院　ぬれても行かなきゃ車椅子で

今日外来　家族かな？　みな明るい　辛そう痛そうな人も　がんばろう

痛い　破裂骨折、圧迫骨折、偽骨折と　一体なんなんだ

退院後のリハビリ「今日は私が」と一年先輩。なんだかうれしい

帰り道　原っぱ公園　車椅子の二人に風　これが「五月の風」か

訪問リハの先生見るからにやさしいほんとにやさしい「次のプログラムはね」

歩いて行きたい駅まで　今野書店とブリューブックスで重松と木下を

「じゃあ図書館までをもう来週の課題にしましょう」「エッ、もうですか」

「この世のものとは?」「生き返るようだ」の言葉が突いてでる　雪見大福

観泉寺、中・杉の森が夕日に映える　こんな日に来たらいいのに

新しいところにはなれましたか　お元気ですか　今日は病院でした

〈「都立広尾病院入院メモ」から〉

――二〇一九年十二月～翌年三月　五回の入院、手術

不整脈と心不全　途方に暮れ呆然と身動きさえできずに　千駄ヶ谷の駅で

「私がやりますから」と田邊先生はきっぱりと　若くて強い言葉だ

手術室　若い女性のスタッフ「あっ、間もなくバースデイ　きっとサプライズが」

誕生日の翌日の新聞の読者欄に投書が載る　これがサプライズだね

包帯を取って「もういいね」フフフと笑う看護師さん　痛みと心が緩む

最後のドアの前のチェック　今度も女性のスタッフに励まされ手術台に上る

命守る尊い仕事　コロナのなかでも汗を額にして重装備で

桜が咲いている　バス停からの木々が重そうにしている　今日退院

II、わたしの滑走路

萩原慎一郎さん、『滑走路』が見えます

牛丼と非正規　困難乗り越えようとする姿に励まされて　『滑走路』

「どうしたの？」と誰にでも気軽に聞ける世の中って無理なのか

私は思う　誰もが働き学べれば、なくせる暴力貧困と自死は

君がいた本の街荻窪で今読む『滑走路』を

きっと会っていたんだ、本をリュックに背負った萩原君。私は病気で

話したかった　だからあとを追って歌をつくろうとしているんだ

本をリュックに詰める萩原君　みんな君と本屋で会ってたと思う

私を追い越した子供たちがエイエイオー　相手はおばけの枯葉木枯らし一号

えっ、ほんと。こんなところで？『滑走路』の君に会えた　歌集『鉛筆』
のなかで

会ったんだ、荻原慎一郎くんに

『滑走路』はどうなるんだろうと考えたことはありましたか。それはすごいんだ

日本中が騒然として　ぼくが歌づくりを始めたのも『滑走路』を読んでからだから

熊本に帰る飛行機の中、新聞の書評で知った　飛び立ったばかりのとき
だった

熊本についてそのまま三年坂にある蔦屋　妹が見つけてくれたんだ

いろんな話をしたい。君が問題にしている非正規のこと、あの看護師さん
のこと

僕の話も。実は俺、牛丼さえ食べられなくて、昼休み公園で水たくさん飲んで…

ああ、思っていたように話せない　今度は最初牛丼食べよう俺ごちそうする

去年の入院中のこと　今ごろ幸せだったなあと言ったら怒られたみんなに

寒くなかった　広々していたけどいつも誰かがいてくれていたんだ
キャッチボールができたんだよ病室で　受付さんなんか踊るんだから　楽しいね

会えた。歌集『鉛筆』のなかの君にも

はじめまして。菅野先生からうたを教わっていて　結構厳しい先生ですよね

「辛い苦しい」と先生に打ち明けた君、歌集『鉛筆』で知って泣いてしまって

ずいぶん勉強をして　今はお仕事も忙しそうですね
よかったですね先生がいて　ずっと君のこと思って　ほらここ読んでみて

Ⅲ、友よ。君の言葉が、きみの涙が、

世紀の祭典　五年後の「退職を祝う会」

五年経っての退職祝う会を開いてくれた　泣いた　笑った　うれしかった

わたしのようなもののために　カベちゃんと一緒に　50年の世紀の祭典

コロナの中でできなかった人に申し訳ないとも思った　心から

カベちゃんと二人の祝う会　それ自身がうれしいこと　先輩、おさむに感謝

みんなどうしたの？　そんなに思っていたのなら現職の時に言ってほしかった

がんばってきてよかったと思う　こうして先輩方に褒められたのだから

祖師谷から世田谷そして代々木八幡、さらに杉並、中部、最後にまた世田谷

ＫＴさん　拡大幹部としてと語ってくれた　わたしの青春のすべてだ

うまく言えなかった。「ＳＫさんはどんなことにも応えてくれた」という
ことを

ＳＫさん　困難と苦労が見えていても「やろう」と言ってくれてね

僕が初めの頃　訪ねた時アイス冷蔵庫から　忘れてないよ真夏の深夜

冷静でいようとしても舞い上がってしまう　うん、がんばったんだ

やってきてよかった。心底思った。みんなの話を涙で聞いて

なんて純粋なんだ　昔より純粋ということあるのだろうか　俺なんかはと
思う

ＯＳこられなかった　会えないのだがよく思い出す　いつも冷やかす俺のこと

途中で別の道　バカ野郎と思った　いつも憎まれ口だけど気持ち優しい人だ

「ＴＭさんよく電話を」、ありがとうございました。私への言葉は、やはり励ましの

負けないで！　TMさん　会いに行くから　好きな甘いものもって行くから

UMちゃん手紙ありがとう　やさしいねいつも　どんな時でも自分が大変

でも

カベちゃんの卒業

カベちゃん、お疲れさまでした。おさむと三人励ましあってやってきた四十年

代々木八幡、登戸で山ほどの、今だって悩みがあればカベちゃんとなってしまう

長電話　まわりは「またはじまった」じゃあ結果出せばいいんだろうと居直って

これからだって俺たちがんばるんだからいつも会いたくなるよ　きっと

しあわせの詩を手紙で

軽井沢のＩＳさんから手紙　中軽駅の詩にやわらかな風感じさせてくれる

緑と雨に包まれるホームで、今どちらを向いていますか？　東京の方？

小さなノートとボールペンでつくるしあわせの詩　とってもシンプルな

手紙が届く　幸せ運んでくれた　私の思い込みではありません

翌朝にもう一度手紙を開く「星めぐりの歌」のオルゴールが流れて

会いたかったです。 でもこんなに早く

十月四日夕方に二通の手紙の投函　手押し車で　外に出ると寒いのだ

ジュンク堂のカバーに「MGさんの訃報とともに」と書き『百年史』にかける

皮肉のこもった激励もあった　しかしそれは激烈なたたかいのなかだったから

つい最近電話で長い話をした　病気のことも知った　あんな長い話は久しぶりだと

「河野君はいつ来るんだ」と奥さんに言ったと　「俺だって会いたかったです。」

祝婚歌　若き二人に

「若き二人幸せに」「そうか今でも幸せか」「いやもっとなのだ」

二つが合わさる　それぞれの世界を大切にすると世界全体も平和に豊かに

平和で豊かな世界　そんな地球に包まれてこそほんとうの幸せに

胸の痛みを分けて

思い出した　二〇一九年一月の代々木病院でのこと　寒い日に

待合室中沢先生の文庫本十四ページにひも栞　何を思ったのだろう

ドアの向こうに伝えたい　ここで待っているから急がないでいいから

つぶやいた　聞こえる？　大丈夫だから大丈夫だよ　聞こえるよね

手紙、メール、メモ、走り書き、なんでもいいから教えてよ　僕に

〈手紙よ、届け〉

大切なものは何もなくて新しいものなんか見つからない

傷ついて傷つけられて　でも立ち上がり歩く大切なものを探しに

冷たい雨に涙　郵便局にやっとの思いでこれたこの手紙のために

書けなくて宛名と住所だけでこの手紙かわいそうだ　なかにはなにも

お土産を渡せるとは思わないで買ったお菓子　届ける日が来た

〈わたしの熊本のお菓子〉

「松風」の小箱を開け包みをひらくと菊池平野を吹く風がヒュッ

田んぼの稲　阿蘇外輪山　菊池渓谷　温泉　そして風と光

南の島に帰った青年

何も言わずにいなくなった、島にどうして　東京は辛かったのですか

つらく悲しいが聞かせてほしい　目をそらさずに聞くから

寒い二月祖師谷で「夜明け前は寒さが身にしみとおる」と新聞配達の内村君

ふるさとの島にいるの？　今だったらなにを思い　なにを語ってくれるのだろう

一時の別れと思い込んできた　でも会えないままにTさんは海で

ふたりの青年と野田君に

若き二人の死　自分の思いがそのままに伸びていってしまったのか

七月十五日に寄せて　ＳＮ君

七月十五日に飛び立ったのか　三十八の青年は跳べたのか
かかとでリズムをとりながらの訴えは心地よく響いていたよ

怒ると笑顔で答え　褒められると照れて　素直さ抜群の君だった

あの日。八月十七日を思い出す　ＨＴ君

あの日いつものようにハンズから電話したんだ　「なくなりました」と別の
声で

私とこれから会うんだ。だからいつものように電話をしているんだ　「……」

十三階ベルジアンビア・カフェへ　みんなが呆然とし泣いて献杯したんだよ

お兄さんから「七回忌やった」と連絡きたよ　今年の命日には行くよ

あれほどの行動力と頭のよさをもっていてなんだ！　もう一度できないのか

今でもがんばっているような錯覚起こす君のこと　うらやましく思うのだ

群馬のバンドってすごいんだと自慢してたね　いま俺バックナンバーを聴いてるよ

もっとすごい　朝ドラの主題歌がバックナンバーで「横切った猫に不安を打ち明けながら」と

どうしたら届くのか君に　大きな声で叫ぼうかそれとも歌にして

野田君へ

君は、小突かれひどい言葉浴びせられ　僕を呼んだ　それでいいんだよ
念願の仕事に就いたんだってね　今度お祝いだね　勉強だけはしっかりとね

野田君が電話に出た「十一月は忙しい」と。「じゃあ十二月はいいんだね」

さあ大変！　何を話そうか　どこで会おうか　何を、じゃがいも　サイゼリア

出会いと別れはいつも

辛いこと悲しいこと、嫌なことや痛いとかは我慢できる、一瞬のことだから

しかし別れというのはずっと続くのだ　辛く悲しいこと、痛いというのもね

今度の入院でも泣いた　その時のこの歌は忘れまいと大事にしてるんだ

Ⅳ、ずっと追いかけて、

小林多喜二　倉本聰　井上ひさし　宮本百合子　茨木のり子　太宰治

小樽の多喜二さん　二〇一八年四月末

たった二十九年の命奪われたのだ　しかし全力で生きた多喜二よ

小樽に着いた　駅の裏の桜も今満開か　春がどっとここまで

深沢のお墓　泣き崩れ手をつき　「もう一度」「もう一回立って」と

今日こうしてあなたの前に立てるのはあなたに支えられているからです

お墓を建ててすぐに自分が入った　あまりにも酷すぎます

文学館の館長さん　質問に嬉しそうに　でも緊張して三ツ星パンのその後を

秋田大館　多喜二さん　二〇一九年七月

江口渙揮毫の多喜二の碑の前でメールを開く　「多喜二を訪ねて北へですね」

あなたは小樽をふるさとと言う　大館の人々は「私たちの多喜二さん」と

市の郷土博物館『市史』の三分冊にしおり　そこは「小林多喜二」十数ページ

母セキさんを訪ねる　『釈迦内棺唄』（水上勉）と『地底の人々』（松田解子）のところ

若い館員さん額汗していっしょけんめいに多喜二と下川沿を語る

下川沿公民館　多喜二のことを考えているのか　静かにたたずむ館長さん

「よくバスで若い人が勉強に来るよ」　多喜二生家跡の隣の店のおばさん

話すお店の人と茶のみ話の近所の方々　笑顔でこちらを見ている

「わたしのようなものに」「多喜二のように」「でも」、とあなたが基準でした

不十分でもそうやって多喜二さんの短かかった命を引き継いできたのです

倉本聰「北の国から」上富良野２０１９

「北の国から」見ててどう思ってた？　そうか見ていない　もう昔

麓郷はまるであの家族が生活しているようでとふと思う

道路の横を川が走る　クマ笹の葉が間でザワザワ　この光景何時もあった

おかあさんうれしそう上富良野　ふるさとも大歓迎娘が一緒に

井上ひさしさん　行く先々にある「勉強」

二〇一九年四月山形川西町

一つの言葉「勉強」があった　小樽駅前のお弁当屋さんも「二月には勉強に」と

ひさしさんのように「悲しいときは上を向いて　痛いときは手を当てて」

米坂線の車窓から置賜《おきたま》の土地の豊かさいつも思う　今年は小雨のなか

遠く四方に雪を残す連山　田は水を　これから青々の稲を　米沢から小松

羽前小松の駅前に立ち気持ち鎮める　井上ひさしさんの町

「ひさしさんは幸せだねぇ　みんなが勉強しにきて」　茂木食堂のおばあちゃん

吉里吉里忌　みんなの顔明るく　ずっとこの日を待っていたんだろうな

仙台「文の會」の井上さんと

初めての出会いは横浜の文学館　あれから始まったのでした　文の會と私

山と積み重なった作文に「ファイト!」　井上さんの朱がまぶしく輝いて

きつい時などひさしさんを読み乗り越えられたのは幸せなことでした

あきらめない　あせらない　あわてないでよく考えて力を込めて書きます

茨木のり子さん
『わたしが一番きれいだったとき』根府川駅は

根府川の駅よ　敵機に震えながら少女たちを守っていたのか

詩人は敗戦の翌日ふるさとへ　もう万感の思いで駅前を西へ

小さな駅舎の待合室の壁に「根府川の海」がとけこむように今も

十数年前「カンナ咲く根府川」の一面記事の「壁に下がる詩」覚えている

海のそばの道路から見上げると岩が大手広げて「私は守る」と

帰ろう次の電車で　上りベンチに座り茨木さんの詩を声に出して読んだ

宮本百合子さん　一途に成長を

『貧しき人々の群』

新聞の見出しに『貧しき人々の群』　遠い昔十代の終わりを思い出す

人間の感情描き出し「今に何か捕える」「見つける」「それまで待っておくれ」と

百合子さんの強くて優しい気持ち　それを読み続けてきました

太宰治　「生きよう」、と。

「夏まで生きていようと思った」。太宰さんはどんな時もそうだったのだ

道の小さな宝石のカケラを拾う話　『惜別』には生き方考えさせられた

『津軽』の言葉を多喜二から直接聞ける　ふたりは生きている『組曲虐殺』

「命あらばまた他日。元気で行こう。絶望するな。」　その時二人が目の前に

三鷹の跨線橋にのぼったのだ。立ったのだ。杖を突いてね。「ぜつぼうする

な」とつぶやいた

暖かくて明るく穏やかな日　家族連れ多く今日来てよかった

青梅街道のいちょうの木　五月と十一月に

〈五月春〉

柔らかな緑　青梅街道のイチョウの木　もう大きな葉をつけている

いちょうの葉のみなさん　一年先輩の葉はみんな栞になってあります
そんなわけないか　みんな栞になんて　青梅街道のいちょうたちは大騒ぎ

〈十一月の秋に〉

やあ、さっきまで雨だったね　君か、まだ痛そうだな　リハビリがんばって！

俺ら銀杏はこれから一仕事さ　葉に色を付け、実を付け土に落とさなきゃ

風が吹いている　仲良くやっているんだね君たちは偉い　また来るよ

青々してた葉ももう黄色の、夜には金色の、葉になって　きれいだ

背中でサワサワサワサワと、風といちょうが見送る声が　ああまたね

Ⅴ、『資本論』の学習

『資本論』２０１９・11・19

厳密な筋立てに息をのみ　鉛筆強く握って『資本論』

ワカッタァー　難関《なんかん》突破し叫ぶ　このうれしさ次のページへ続け

みんながいて『資本論』がある浦和へ今日も　勇んだ気持ちで

倉本聰の世界に入って「きのう浦和でね」と始める『資本論』の話

たたみかけるような理詰めに何度も息が詰まる　ああもう先に行こう

『資本論』に三度　２０２３・10〜

ノートから
〈最初のところをしっかりと〉

『資本論』。商品とは何か、価値とは、貨幣とは何か、から始まる…

この第一章の価値論（法則）が、そのあと第三巻の最後まで貫かれるのだ

「商品」とは何か、使用価値と交換価値（価値）という二つの要因を持っている

使用価値とは商品体そのもの　交換価値（価値）はある内実、実態をもつ

その商品を作り出す人間労働には二重の側面が　具体的有用労働と抽象的人間労働と（労働の二重性論）

価値の大きさは、それをつくる労働時間、社会的に必要な時間によって決まる（社会の生産力によっても大きく変動する）

一つの商品のなかに二つの価値がそなわっている。労働も別々におこなわれるのではない

一人の労働の中に二重の側面がある。一つの商品のなかに二つの価値そなわっている

できた商品は市場に行って交換されていく　その交換のなかで金、そしてお金が突出して位置を占めていくようになる。

価値が貨幣になっていくまでを論じているのが「価値形態論」なのだ

この価値が、先取りするが、貨幣となり、さらには利潤に転化し、利潤追求のおおもと、基礎になるんだ

労働者は搾取され抑圧される　それでも労働者の労働は偉大なのだ　自らと家族の生活を守り、社会を支え将来社会をつくるのだから

がんばったんだ

何度挫折したことかため息つく　最初の五行でということもあった

『資本論』　つまずき転んでもまた学ぶ　この道このままに鉛筆握る

ぼくは世界の全部を捉えてみたい　だから『資本論』だと思うんだ

『資本論』読む会の準備始める。町場で『資本論』そんな国はないようだ

わかって進む「読む会」を　とにかく読もう。お菓子とお茶は

15年前に一度

だからね　あきらめなかったんだ　病気が時間と力をくれたんだね

三年五か月かかって三巻までやり切ったんだ　その時のノートが残ってる
十七冊

「資本論は今の資本主義を分析評価できますか?」と質問が飛んできた。「できます。表面だけでなく根本から」

そもそも資本主義的生産様式と、これに照応する生産諸関係および交易関係を研究したのが『資本論』

資本主義批判の書であり、そのあらゆる側面、すべてを取り上げているのだ

資本主義が未来永劫続くわけではないと言ってきた。『資本論』はもうその「序言」で言っている

こうだ。「現在の社会は決して固定した結晶ではなくて」と言う

そして、「変化の可能な、そして絶えず変化の過程にある有機体」なのだ

新しい発見と感動は自らの未熟さ　将来の可能性の条件のひろさを示す

『資本論』などというのは未知の世界　学ぶのだ　誤解や偏見さえあるのだから

新しい気持ちで

「春の兆し」「春の訪れ」が手紙のあいさつ　元気になって「夏の音連《おとづ》れ」を直接感じたい

清書するわたし　書いた時のことが浮かんで迫ってくる　気持ちがいい

車椅子で通る西荻の商店街　どこも優しいけど辛いというのもあとに

ほんとにさわやかだ　風にあたり風に後押しされて歩く西荻の街

明日は、明日こそは、と思って今日を過ごす、遠い先のことでなく

来ないこない約束しなかったから　違うちがうこれからだから　来るよ

片付けばかり

痛さこらえる限度二十分の勉強時間　しかし片付けばかりやっている
片付けて新しいものが出てくるといいのだが　古いものばかり

片付くとすっきりするでしょって　うん記憶や知識まで片付いてね

きょうも片付けから始まった　頭の中は片付かぬ　あしたはと思ったのだが

この本はここ　歌集はそこにとなるんだが　毎日くりかえしている

〈古書店に本を出す〉

本を引き取る音羽館のNさんブドウパンをもって。いろんな話が聞けた

本の値段に愕然とした。酷いとさえ思った。一円だと

重松清の本も同じと　シーナと重松　青春の傍にいた　どうでもいいのか
せめて誰かに読んでほしい　しみじみとし　元気にと思える本ばかりだから
数百冊の　やっぱり寂しいんだよ　君たちと同じなんだ　ただ狭いから

十一月八日今日は立冬だという　暖かった　書店ブリューブックスに

もう五周年　記念に栞を　わたしは退院から一年　僕の歌集を渡す

君たちは『資本論』関係本にスペースを割くことに何も言わなかった　感謝

掲載誌「舟」42号　今度43冬号は…、

夜中目が覚め、手にする掲載誌「舟」　ここまで来たんだ

はやる気持ち抑えて表紙から…あった！128ページ　ヨシッ。

今日も雨の朝静か　目に涙　思わず抱きしめる機関誌「舟」を

「うたのはじめ」から「短歌うつくし宣言」と　早すぎる？　いえ、大丈夫です

二度目の投稿掲載誌届く　うれしさ変わらず　夕べ何度もなんども読み返す

大江健三郎さんのこと

大江さんの死は世界を暗くした　わたしたちは学んで前へとすすむ

大江健三郎さんを見た。大きな書斎で本を開いて読んでいた

大江さんの本読んできた　話も聞いてきた　やはり心細くにもなる

朋有り遠方自り来たる、詩のこと、うたのこと、伊那のこと、語りあおう

アルデバラン　ウクライナへ。ガザへ。

朝八時「アルデバラン」が流れる　ウクライナにも届け！私も歌う

歌は言う「笑って笑って」と。侵略者ロシアの蛮行を許さない

山奥の村が原点

＊現在の熊本県八代郡泉町樅木（昔からの呼び名は五家荘樅木）

弟が生まれた。二月の雪が積もるとき。道路は閉鎖。無医村。遠い昔

川に水くみランプのホヤ磨き縁ぶき飯炊き唐芋煮風呂焚き毎日の日課

土曜日には山小屋へ　じいちゃんの貧乏の話「貧乏人の味方は共産党たい」

夏・盆がいっしょに終わる　樅木へ歩いていくつもの山と谷を　背中にはアンパン

おふくろのことを思う。最後はいっしょに帰りたかったよ　もちろん俺も一緒に

党は自然に行き着くところだった　貧乏を憎み戦争に抗して

五十年前の四月二日熊本駅の上りホーム　父に「共産党に入るけん」

父、　おふくろに「よかったたたい」と言われ泣いて涙ヘルメットで隠す

何もしてなくても、いやなことは勝手にやってくる　悪夢のような

そんな日は避けて、美しい光景、風景を、しみじみとなる言葉をつないで

Ⅵ、この道は続く。最後まで

この道は続く

四十年前三月三週の日曜日福生から始まった「この基地包囲できるまで」と

今朝、おさむさんに手紙。昨日の朝起きて思いっ立ったものだ。一気に書けた。

平和のために生きる　そう思ってきた。　それ以外にはありません

〈平和のために〉

ガザ。ただちにやめよ無差別大量殺人行為を　やめろやめなさいやめるんだ

プーチン・ロシアよお前らを通さない　ウクライナから出て行け今すぐだ

戦争貧困事件なにも解決せず　平和のためにはたらかなくては

目をそらすなヒロシマから　立ち上がれ声をあげよ　「核抑止力」に惑わされるな

目が覚めた　涙が流れている　つらい思い出流してくれたんだ

希望があったが小さなこと　だったらいいのか？　なにもしないで

〈春。3・11、また次の春へ〉

荻窪タウンセブンの五階　ただ立っていた　外では悲鳴も　思い出した

もうすぐのあの日に向かってと思いながら今年は『荒地の家族』を読む

また次の春へと思い続けて十二年忘れないでいよう震災後の生き方を

今年の秋は直接に

ラインには、綺麗不思議、オレンジ、自然って凄い　と素直な言葉で　きれい

スーパーブルームーンを歌の先輩が伝える月と夜空の様子、宇宙のすごさ

月が見ている　地球は平和に、わたしは元気にそして平和のために
夏は終わったんだ！　しかし台風も二つ三つと続いてくることだってあるのだ

得意げに飛び交う赤とんぼ　そう私はせいいっぱい、生いっぱいなんだから

ほら見て、後ろにも右左にも飛べて、急上昇、ホバリングだってできるんだ

十六夜について思う

十五夜に続く月という単純なことのなかに秘めた意味があると知る

少し位置も、大きさも明るさも抑えて十六夜はものを言うのか

十六夜の月を初めて見る　いつもの月　しかしこんなに明るかったか

今とは違う世界になる岐路はあったのだ　その運命の先と術が分からずに

運命の実現と不成立は瞬間の、短い時間で決まるのかもしれない

新しい機械で

プリンターが何か言っているぞ「ファイト」、がんばれっ！て

合本の印刷は任せてくれ　編集をぬかりなく　ファイトで行こう

日曜日は車の定期整備　所長は元気元気元気の絶好調青年

あぁっ！お元気ですか？　私は元気です　心配でしたと工場長

そして最後も全力で！　力いっぱいに

わたしは時間が大切なのだ　本当を真剣に語る人たちと一緒にいたいのだ

こどもの頃にあったうつくしい秋の光景を　しみじみとなる言葉を書くのだ

これで行くんだ！いつでもどこでも短歌リアルに生きたうたをね

多分五年ぶり世田谷からの来客　足が衰えたり転んだり　でも会えた

私はこういう人たちと、素晴らしい人たちと仕事をしてきたのだ　誇りだ

病院から帰る道、西に向かって歩く　音もなく穏やかな　夕日がまぶしい

原っぱ公園　広いから歓声も空気に包まれて穏やかに聞こえるね

お家に帰る途中みんなの所に寄って　西日に向かって歌ってた　覚えていますか

スマホ操作間違ってラインコール　声も話し方も「うふふ」と笑うのも変わらず

吉田拓郎を聴く「アジアの片隅で」「アゲイン・未完」そして「俺を許してくれ」

吉田拓郎はメロディーが美しいと思うようにもなった今頃になって

「木枯らし一号が今日」とニュースで　去年は退院したばかり原っぱ公園で

昔思い出しがんばろうと思う　ふるさと離れて50年　遠くに来てるんだが

北国の短い夏　ねぷた終われば冬支度お囃子ラッセイラ！

弘前五所川原もう一度訪ねたい　太宰治を、寺山修司を

みんなに学んでつくる歌

この前三鷹で太宰治に会った。そう軽いことではなかった。重いものを学んだ

明日萩原君と会うのだ西荻の牛丼屋でね　夕べ遅くに連絡とれたんだ

明日は新たな一日の始まりにしたい　きょうだってそう言える日だったのだ

Ⅶ、「短歌うつくし宣言」

わたしはうたい続ける

初めの頃のうた読み返したらあまりに幼く赤くなる　でも真っすぐだ

うたの形になり数を積んでいくと少し誇らしくなる　そうか！

生まれたうたはまず所沢へ　きっと耀き増して帰ってくるだろう

添削受けて元気吹き込まれ飛び立つ君たち　さあ言葉の大海原に

早く目が覚め机に　原稿そろえ朱を入れる　リンゴかじり「うまい」

つくった歌を数え何度も失敗　真剣に悩むが寝ると忘れるからいいや

うたづくり私もそうしたい　太宰治の「私は虚飾を行わなかった」

「読者をだましはしなかった」太宰のすごさを胸にして書いて行きたい

歌うたう時しまっていたことが外に出る　解き放たれるってこういうことか

手紙が届く「歌いいね」と。やっぱりうれしいし幸せだ　返事書かなきゃ

わたしの歌は

手紙が来ると幸せになる。だって君がかけ足できてくれるのだから

こうして歌を読みなおす　世界のことあなたのことを考えることになるのだ

そうだね　そう言う人たちがいるから僕のうたもつくることができるのだ

よく読みこみ　受け止めを深くし　言葉を選んで一つひとつをきれいな字で

思い出は引き算すれば昔のことに　足し算だと明日や一年、十年後となる

＊

「短歌はうつくしいですね」と言ってくれた友だち、ここに「短歌うつくし宣言」

＊

これはさびしくて悲しくて辛くてもがんばろうとしている人のための歌集です

だからわたしはうたいつづける　辛さのりこえみんなが幸せに、と。

＊

十二月二日の夜　おお、黄金のいちょう並木街路灯に照らされて
葉も落ちている「拾ってくれ　みんなの栞をつくってくれないか」と君
が言う

じゃあこれからは友だちだ。歌集つくるんだ、できたらもってくるから読
んでくれないか

Ⅷ、エッセイ

三鷹跨線橋で

あさって十一月三日、三鷹の跨線橋に行くことにした。太宰治だ。ここであなたは何を思ったのだ。一人でここにくることもあったのだろうから。わたしもその場に立って考えたい。ずっとそう思ってきた。

若くして自死していった人がいる。殺されていった人たちがいる。わたしは、その背景にあるものを憎む。社会と政治、生きていけない状況をつくる、居場所がない、先が見えない、広くは貧困と戦争を憎む。

同時にわたしは、その人たちの遺志を引き継ぎたいと思う。どう生きるかだ。「太宰のように」「多喜二のように」「八田君、君がやり残したものを」となる。「萩原慎一郎さん。あなたが非正規と牛丼の歌に示したすべての思いを受け止め、『滑走路』を語り続ける」。

十一月三日、今日。

太宰がよく来た跨線橋に立った。ここだ。三鷹駅から西にすぐ、中央線の上を跨ぐ陸橋である。いい天気だった。透き通るような、そしてやわらかな青い空が広がっていた。空気もきれいで暖かな日であった。

太宰治に会いたい。跨線橋に立てるのもあと一か月を切るという。取り壊されるのだ。四十二段の階段だった。セメントを打ち固めた階段。車椅子を橋げたの下に置いて、右手に杖を、左手で手すりの助けを借りて。登り切った。南へと歩いた。結構距離があり、みんなと同じで、上り・下りと来る中央線の電車をスマホで捕まえる。

これが三鷹電車区か、広い。南の端に着いた。

警備会社の制服の女性に聞いた。「太宰の写真はどのへんだったのでしょうか?」。階段の初めのところあのあたりと、この荷物のところと、荷物を移動させながら教えてくれた。写真を撮った。

文庫本になった太宰は全部読んだとのこと。「今は違うけど、三鷹の井口に住んでいましたから」と言いながら、太宰について——、

「青森のいいところの出なのに、なぜ自殺を?」「生きていたら今の時代をどう言うのでしょうか?」と聞いてこられたのだ。

わたしはこのとき、自らの考えのすっきりしていないところの回答を得たと思った。霧が引く、というのはこういうことなのだろう。

瞬間的にであった。しかしこれまでに時間をかけて考えたことでもあった。

次々に言葉になっていく。わたしは話した。

「いろいろあったのでしょう。親や当時の政治。当然、津軽を旅した時の記憶もあり、農漁村の様子も時々心に浮かんでいたのではないでしょうか。同時代の作家たちとの関係。芥川賞との関係。そういうことも経験しているから現在に対しても厳しい意見を発言してくれるのではないでしょうか」。

わたしは続けた。

「太宰やその他の人たちを、いま生きている人が、例えば、『弱い人』『だらしない人』などと評価を下しますが、そんなことよりも大切なことは、太宰たちが願ったこと、遣り残し、できなかったことを引き継ぐことだと思います。あれはだめだ、としないことが大事ではないかと思うのです。わたしが、彼のことで強く受け止めるのは、彼は生きようとしたということなのです。生きるのだ、と。それは作品にも書き表していますね」。

警備員のMさんは、「そうですね。今の若い人たちがよく読んでいる、というのも分かりますね」と、答えてくれた。

わたしは、Mさんのこの真剣な表情と返事に、――太宰に会えた。

――と、はじめて思うことができた。いい日だったと思った。

生きるのだ。


（二〇二三・十一・三）

山奥の村　遠くにいて思う。

わたしの最初の記憶は小学校に入る一～二年前から始まる。じいちゃんに連れられて山小屋に向かうところからだ。途中で野イチゴ、キイチゴ、いくり、なし、柿、栗、そしてアケビと、その時々の果物があった。しかしよっぽど熟したものでないと固かった。そうである。だいたい頭に「石」とか「山」がつく石梨、山柿といった呼び名からそうなのだ。でもじいちゃんが選ぶものは全部あまくておいしかったのだ。

山小屋のこと。そこは、谷間《たにあい》というか、目の前に急な山の斜面が迫り、横には音を立てて流れ落ちる川があった。冬は雪も積もり、ある年、ばあちゃんが大雪の中、大きなイノシシを引っ張ってきたのだ。川のコンクリートにぶつかって倒れていたということだった。じいちゃん、ばあちゃんはイノシシを解体し（その光景は怖くて見なかった）、本村《ほんむら》に配った。ばあちゃんは、体つきは細かったのだが大きな人に見えた。

山小屋に行く途中でじいちゃんがしてくれた貧乏人と金持ちの話は、弟が生まれ、亡くなってからである。うたにも書いたが、無医村であり、交通機関も公共のバスなどもなく、電気も通っていなく（小学四年の時、東京オリンピックの時に通じたが）、また私自身は熊本市内に転校するまで、海を見たこともなく、給食という制度さえ知らないままなのだ。それは悔しいというより、社会とはそういうもので、勢い「俺が変えてやる」という気持ちになっていったように思う。

小学校一年生の終わり、担任の坂本美奈子先生が都会（八代市内）に帰るということになった。わたしだけでなく、小学校全体、いや村中の人が先生のことを好きだったと思う。それで母と父は、「サヨナラをキチンと言え」「今日はきちんとした服を着ていけ」というのだ。

その時が来た。「サヨナラ」は言えたと思う。ところが先生はニコニコして手をさし出しているだけなのだ。わたしは何かわからず、ただ突っ立っているだけだった。しばらくして先生が手を握ってくれた。もうたまらなく悲しくなって泣いてしまい、手を振り放すようにして離れて、走って、うちまでの急な岩と石の坂道を駆けて帰り、座敷の奥でうずくまってしまった。

とてもやさしい先生だった。とにかく天気のいい日のお昼は教室で弁当を食べることはなく、いつも野っぱら（野原）で全員で食べ、歌をうたったり、小枝でおはしをつくったり。それだけではない。土日に都会に帰るとお土産がある。鉛筆などの文房具、絵本。あと飴玉なんかもあった。それらは、あとで聞いた話だが、大学時代の友だちの協力があったということだった。

その小学生の時の日課があった。それは、まさに自然な役割、家族のなかでの役割として行っていたのだ。きついとか、重たいとかを口にすることはあっても投げ出すようなことはなかった。

「川に水くみランプのホヤ磨き縁ぶき飯炊き唐芋煮風呂焚き毎日の日課」

毎日の日課。川からの水汲みはだいたい二つのバケツだ。風呂の水も、だから、何度も往復しなければならない。距離は一〇〇メートルくらい。ランプのホヤ磨きは子どもしかできない仕事だった。石油が燃えてできるクスはホヤの内側。こどもの手しか入らないのだ。

過疎、へき地と当時から言われていたが、わたしの学年は十二人いた。少ないほうの学年だった。村のさらに奥に、にがこべという谷があり一軒家がそこにある。そこには十二人中の一人で幼馴染のYG氏がいて、残って村を守っている。つい先日(十一月二十四日）電話で話す機会があった。「今年は三人ぞ」。一～六年までの全校生徒のことだ。彼は続けて、「お前は帰れんまま身体壊したもんね。ばってんいつかは樅木に帰れ」。

いつまでも変わらない幼馴染、親友とも違うほんとにいい…。

今は隣りの集落の中に立派な診療所があり、彼も毎月受診していると言っていた。

これで最後と思って書いてきた。しかし、鮮やかな光景として浮かんできたことがある。子どもの頃、思い切って遊んだこと。思い出だ。夏は樅木川《もみきがわ》（下流は川辺川、球磨川となる）の滝下《たきした》まで下りて、エノハ（山女魚）突き。冬は積もった雪の上を木馬《きんま》（手づくりのソリのこと）すべり。村をずっと開持《かいもち》というところに向かう道を上り、二キロぐらいの距離を一瀉千里猛スピードで滑り降りるのだ。その木馬を作ってくれたのは兄。木馬づくりの名手だ。あと私には、じいちゃん子の妹がいる。家の手伝いもし、どうやって遊ぶ時間が？　と今思い出しているのだが……。

（二〇二三・十二・一）

「思へば遠く来たもんだ」

一浪しての上京する時に、熊本に残る友だちも何人か来てくれた。父と兄の作業服とヘルメット姿はうれしかった。夕方五時ころだった。上りホームでの父と母へのあいさつ。初めて親から離れるさびしさは自分でも予想できなかった。寝台急行は、朝方熱海あたりのトンネルをくぐり出る。そのときに、その思いがどっと沸きあがってきた。しかし、引き返せない。

東京駅から新宿でのりかえ京王線下高井戸駅へ。赤堤に住む同級生のMを訪ねる。現役合格をし、一年前から東京で暮らし、この間の受験の際に宿にしてくれた。その日も泊らせてもらい、翌日に小田急祖師谷大蔵駅へ。改札から一分もかからないところにあった同じく同級生Sのアパートを訪ねる。

そして、彼との間で想像もしていなかったことが起きたのだ。「共産党とか民青とか聞かないか?」と尋ねた。彼は驚き、そしてニコッとして自らを指すのだ。そして

「行こう」とサンダル履いて、踏切渡って。

この祖師谷にはほんとうに多くのものがある。大げさになるが、「無数の思い出」というくらいの、とにかく朝の町の光景から、夕方の成城のほうのその夕焼け、その後の深夜まで、そして露路裏の道、ショートカットの小道、なつかしく思い出せるのだ。「そのなかでも」と、この前ある方から聞かれた。それじゃあ、この話を、と話したことだ。

オヤブン（女性である）という人がいたんだ。ある日の夕方、バイトが終わり、駅から帰る途中でのことだった。私は、駅の横にあった砧生協の鮮魚部でアルバイトをしていた。オヤブンは商店街を子供を抱いて歩いてくる。始まったのだ。大きな声だ。人出も多い。「また学校に行かないのか？　ご飯もろくに食べていないんだろう」「夕飯食べに来なさい」と有無を言わさぬ怒りなのだ。今回だけでもないのだ。行った。おいしいいつものチーズが間に入った、しかもチーズは外側にも張り付いているハンバーグだった。学校のことなどで叱られることもなく、そう一切なし。ご主人と子どももも楽しそうに食べている。

オヤブンというのは、なにか役割分担があってというのではない。ただ、横に大きく雰囲気の問題なのだ。

あと、シン君のおばあちゃんは、いつもどんぶり二杯のご飯と決まっていた。お昼でもなく、夕飯時でもないのに、「食べなさい」なのだ。

そのあとわたしは、下北沢、三軒茶屋、さらには代々木八幡へ仕事場が異動して行った。そこでも精一杯活動をさせてもらった。それはまさに「青春のすべてをかけて」、と言ってもいいと思う。


しかし最近、とくに歌をつくるようになってからである。ふり返って考えるのだ。「期待に応えたのか?」と。真剣に悩んでは、気持ちを緩くして「これからだってがんばるから」とつぶやいて終わらせるようにしている。

そのなかで、身近な二人の、義母と母の言葉については文字に記して、これからも生きる指針にしていきたいと思う。


「娘は独立しました」

「労働者なんだからしっかりしなくちゃ」

お義母さんの言葉である。最初のは、彼女が大学を卒業して間もなくの頃、実家に電話した時のこと。親元を離れて一人暮らしをし働く彼女のことを「独立」と言われたのだ。絶句、びっくりもし感動もした。

「労働者なんだから」は、普段も言い、そして「結婚祝う会」でも、祝い言葉として使って励ましてくれたのだった。

「仕事がんばらにゃんたい」

「飯は食いよっとか」

「草むしりでんなんでんしてなんとかせにゃんたい」

「樅木に連れていけ」「こぎゃん元気だ」

わたしの母、言葉少ない人だったが、熊本弁そのままにいっぱい記憶している。

こたえられているか？　いや、応えられていないのでは、といつも思ってきた。

こんなすごい言葉をもらっているのだ。仕合わせに思う。もちろん多くの先輩や友人、後輩たちの言葉も同じように大事にしていきたいと思う。

（二〇二三・十二・八）

入院・手術・リハ生活のなかで学んだこと

昨年（二〇二二年）七月十一日の夕方六時過ぎ、自転車に乗っていて後部より、やはり自転車に追突され、腰椎の圧迫骨折（その後破裂骨折）と診断され荻窪病院に入院した。文字通りの不意打ちであった。七月末に手術、八月十七日に練馬高野台病院に転院し、十一月二十五日に退院。今でも痛み、時には激痛を伴い、自宅での上井草診療所の訪問リハビリをうけている。

なにが、そんな事態を打開しようとし、救い上げてくれているのか？　深い励ましがあった。

転院してすぐの病室。わたしは、今井政人先生（院長）と看護師さん、リハビリステーションのスタッフ十数人に囲まれていたのだそうだ。意識も少しボーッとしていたのと、そもそも上を向いて寝ていると視界も狭いのだ。しかし、今井先生のこの言葉はしっかりと鮮明に覚えている。

「人間の体には落としどころというものがあるのです。そこから新しい自分らしさというのもできていくのです」。

その瞬間にはよく意味が分からくて、要するに「あきらめなさい」ということか、と思ってしまったのだが、時間が進むにつれ涙が出てくるのだ。「なんでも一〇〇パーセントではないのだ」「でなくても新しい自分が、自分らしさができていくのだ。それはこれまでの自分とはちがうかもしれないが」。もう心を叩き、胸を激しく揺さぶる言葉となった。それに気付き、また涙なのだ。で、ずっと泣いたのだ。そうしているうちに、窓が開けられたのか空気が変わり、どなたかが肩をさすってくれていた。このときの先生の言葉とそうした気づかいが、病院生活に止まらず、わたしの生き方全体の充実変革の土台と力になっていくのだ。

もう一つは、リハビリ科のスタッフ、すばらしい人間集団との出会いだ。

ほんとうに職種としても初めての人たちで、リハビリという言葉は知っていても見るのも初めて受けるのも初めて。そのことからくるのか？　理学療法士（PT）、作業療法士（OT）、言語療法士（ST）という方々、その職業集団の仕事ぶりへの関心も大きくなっていった。

私は、次のような文章を入院中に書いた。

「リハのみなさんは、穏やかな話しぶり、大声をあげない、お互いをちょっぴり軽く茶化したりしても、お互いを大きく温かく褒め合う、仲が良く、よく話を聞き、よく考えるということを日常の仕事の態度にしているように見えます。

そして、人の身体と心の痛みを自分の痛みにする。苦しみに心を寄せる。手で直接身体と痛いところに触れ、その痛みも具合も本人に聞く。そして施術をおこなうのです。なんという学問でしょうか、理論のうえに言葉があり、その声の音色までやさしく響くのです。

しかも「人の役に立ちたくてこの仕事を」と、少しもてらいなく自然に語ってくれるみなさん。笑顔で。それだけでうれしいし、尊敬できます。

これらは、けして大げさではありません。私などは痛みに耐えかねて悲鳴を上げてばかりでしたが、そういうなかでも、時には結構大きな笑い声を、時にはしみじみとなるときもありました。大きなプラットフォーム（リハビリ台）にチョコっと腰かけて、ほんの短い時間なのですが、この時間がいちばん好きでした。」

この感想、学んだことは、その後の荻窪病院、今の上井草診療所でも引き継いでいる。同じである。

その上井草診療所の訪問リハビリは、私自身が「目標と期限」をもって臨み、その実現にリハビリの先生も全力で取り組んでくれている。笑顔を絶やさず、課題をはっきりさせ、例えば、「次の金曜はもっと遠く。もう少し長く」、そして「胸を張って歩幅広く」「遠くを見て」と。

居宅支援事務所のケアマネさんも、そんなわたしたちを励ましてくれる。元気な声で、笑顔で、激励の言葉を、折りにつけ送ってくれる。うれしく受け止め、がんばろうと思う。澄んだ素直な気持ちになる。

しかし、あまりにも激務である。見ていて、診療所全体がそうだと思う。診療報酬の改善をはじめ、医療、ケア労働者全体の労働条件の改善は急務だと考える。

それでも、生きる力を、強い気持ちを蘇らせてくれるのだ。小さな（？）診療所がとても身近に、そして、大きく見える。

（二〇二四・一・二十五）

解説　鋭意と情熱

依田　仁美

沖を見ていると波がかがやくのか陽が躍っているのかわからなくなる。碧と金の波陽混交の燦爛、じつにまばゆい。歌が叫ぶのか作者の生がほとばしるのか。文字からまなざしが見える歌集は貴重である。かつそのまなざしは、もの凄く澄んでいる。

河野郁夫さんはわたくしの最も新しい歌友である。歌はずいぶん初期の頃から見ているが、こうして瞬く間に織り上げられた一巻をあらためて眺めると、圧倒的に真摯濃厚な歌群である。このおびただしいものは、魚群のよう、車列のよう、ひたひたとせめぎあいながら押し寄せてくる。つまりは鋭意の一著、情熱の一著である。

題して曰く、「さびしくてつらくても、がんばろうとしている人がいるから、『短歌うつくし宣言』ここに。」と。他者と共に詠うという純朴な心映えは美しい。

この濃密膨大な著作はわたくしに色々な間口を見せるが、この貴い資産を速やかに共有するために作品の特質を以下、四点に絞って書く。

随所に主となる持ち前

作歌の契機にはひとつの入院があるという。さらには、とある歌集との衝撃的は出会いもあるのだが、そこは菅野せつ子氏のご呈示に俟ちたい。

歌をうたえたらと思っていたんだ　わたしはこれから世界をうたう

先ずは呱々の声。この宣言、純にして朴、外連がない。

吊り下がり歩行に「やった！」「声が裏返った！」　大騒ぎのリハ室
一喜一憂　がんばってに「も」がつく　でもあきらめないで
和子さん「人のためになりたくてこの仕事」　だから笑顔でやさしいんだね

入院中の作で目を引くのは、随所に主となる自然体である。人とのつながりを常に重んじている。これほどに純真に人と触れ合う魂がまたとあるだろうか

ここは屋上　若い頃駆け巡った東京の西半分が見える
リハ室のプラットホームはわたしの「滑走路」　さあ飛び立とう　歩こうだね
痛くてつらい毎日　でも楽しい不思議な病院　やさしい人達に感謝限りなく

親和的な視線が歌の渦を巻き起こす。それぞれのスナップに河野さんの「動き」があるのは見逃せない。能動的な働きかけが、周囲に短歌的な関係を醸している。

自在な口語自由律

口語自由律は歴とした短歌の一ジャンルであり、多くの歌人に詠われているが、これほど自在に詠むことはなかなかできないように思える。本編の作はあくまでも自由、どこまでも自由、この天衣無縫は、前記の持ち前あればこその発露にほかならない。気負いも衒いもない。説明がなくとも真意は伝わるという自信がこれらを支えている。

読み手と詩型に対する「純愛」のなせるわざである。

清書するわたし　書いた時のことが浮かんで迫ってくる　気持ちがいい
明日は、明日こそは、と思って今日を過ごす、遠い先のことでなく
ほら見て、後ろにも右左にも飛べて、急上昇、ホバリングだってできるんだ

情況という枠を設定して解説しなくとも容易に内容が理解できる作風である。前後相接する歌の流れがそうさせている。最後の作も、集の前後から蜻蛉とわかる。切り取った提示が瑞々しい。これらの効果について敢えて再び書けば、随所に主となる河野さんの気性にリードされているからにほかならない。

詩想がさらに生成発展する詩想

ある詩想がさらなる詩想を紡ぎだす構造がおりおり見える。著者の詩精神は口語自由律という翼に乗って十分な飛翔を実現しているのである。一例を見る。

柔らかな緑　青梅街道のイチョウの木　もう大きな葉をつけている
いちょうの葉のみなさん　一年先輩の葉はみんな栞になってあります
そんなわけないか　みんな栞になんて　青梅街道のいちょうたちは大騒ぎ

二首目で一転、「いちょうの葉」に語り掛ける。表記はすでに「イチョウ」から「いちょう」へ、視点の位相を替えて接する。拾われた葉の多くが栞として残される運命を示しながら、「大騒ぎ」と捉え直して、ふたたびイチョウを眺めるという仕立て。僅々三首で、叙景から素早く遷移して心裡面に立ち入るという個性的な創作を成し遂げている。人物の描写に対しても同様の詩精神が働くから、一首が前後の状況を巻き込んで、ドラマ性を帯びて語り掛けてくる。ここは楽しく味わわねばならない。

その典型的な例をここでひとつ。

彼女も先生と呼ばれ　いつの間にか少女は大人になっていた

前後の作を見ると、再入院したらリハ室の女性が研修期間を終えて「先生」になっていた、という小ドラマがきっちり描かれていると判る。それも温かい筆法で。

鋭意と情熱

以上、三つの角度から眺めたが、これら全てに通底するものがある。それは「あるがまま」すなわち「純」であること。「純」が形をとれば、「鋭意と情熱」ということになる。もうひとつ一貫して見える特質は世の物は常に前進するという人生観・社会観。それがあるから、作品にじつにしばしば、人々の変容が見て取れるのである。

「短歌はうつくしいですね」と言ってくれた友だち、ここに「短歌うつくし宣言」
五月を待っていたんだ「五月の風にふかれて」とうたうのだ

鋭意はきらきらと輝き、情熱が押し寄せてくる。魚群、車列と見立てたのはこれらの放つ勢いなのだ。「あるがまま」こそが推進力の原点なのであった。

河野さんは人へのひいては社会への深い関心を持つ。マルクシズムに共感を寄せ、多喜二に敬意を払うのは、当然であろう。「随所に主となる」行動様式は共産党にも自然に溶け込んだのであろう。多くの献身がなされたとしてもそれは当然である。
『資本論』　つまずき転んでもまた学ぶ　この道このままに鉛筆握る
やがて、わたくしも関わる「現代短歌舟の会」にも溶けこむところなる。それも、早く、深く、強く。その自作初掲載に寄せた作がある。
はやる気持ち抑えて表紙から…あった！128ページ　ヨシッ。
ここでもすでに主である。ひとりの歌人の魂を屹立させたとは編集人冥利に尽きる。本集至る所に、「真心」が見える。ここでの真心とは多方面への愛である。
おふくろのことを思う。最後はいっしょに帰りたかったよ　もちろん俺も一緒に
「松風」の小箱を開け包みをひらくと菊池平野を吹く風がヒュッ
わたしは時間が大切なのだ　本当を真剣に語る人たちと一緒にいたいのだ

エッセイによる回収

巻末に四編のエッセイが収められている。各編に刻まれた意識はそれぞれに、短歌の源流を示しているが、もうひとつ、著者が短歌に託して多くの紙数を費やして投げかけた思いを、エッセイという閉じ括弧で補完的に受けることを試みたものだろう。これも几帳面な性格を知る身としてうなずける。エッセイでは短歌の理解を深めさせたいとする筆者の意図と共に、心の深奥にある深い「疼き」が指し示されている。

わたくしはこの中で、河野さんが「死んだ人の遺志を継ぎたい」と言っている点に殊に注目した。わが身を文化という流れの中に確実に据えていることの証左として。

ここにこそ「短歌うつくし宣言」を提起する強い意思があるからである。

解説　ある出会い——河野郁夫さんのこと

菅野　せつ子

　三年前のある日、喜怒哀楽書房から電話をもらった。拙歌集『鉛筆』を出した出版社である。「カワノイクオさんという方がそちらの連絡先を教えてほしいと言ってきましたが、どうしますか」という趣旨であった。「『短歌研究』七月号に紹介が載っていたので、『鉛筆』に興味を持たれたようです」とのことだった。珍しい人がいるものである。私は承知し、河野さんに『鉛筆』を送った。それから、感想の手紙が届き、メールも来るようになった。文面、読書傾向からある政党色が伝わってきたが、そのうち本人が言ってくれるだろうと思い、私からは聞かないでおいた。

　そして、いつしかご自分の「短歌」を送ってくるようになった。否、短歌というよりスローガン、アジテーション、叫び、短文のようなものばかりで定型になっているものはひとつもなかった。「河野さんは口語自由律ですね」と返事をしたが、わが道を行くようであった。しかし、口語とか新短歌とかいってもそこにはなんらかの詩情、心がなくてはならない。私は文語定型、旧かなの主義なのでちょっと戸惑ったが、批評、添削をして返送した。せいぜい一、二回のつもりであったが…

やがて、怒濤のように詠草、自家製の歌集、エッセイなどがつぎつぎと送られてくるようになり、その迫力に押され、朱筆を入れて返すようにした。そんなことが続くうちに河野さんの純粋さ、熱誠、真面目さは比類のないものであることがわかってきた。「この人はなにか訴えたいのだな、自分流の短歌をつくりたくてしようがないのだな」と思い当分、ボランティアのつもりでお付き合いし、返事をさしあげるようにした。その辺りはⅦ章「『短歌うつくし宣言』わたしはうたい続ける」にある。

生まれたうたはまず所沢へ　きっと耀き増して帰ってくるだろう

「返って」ではなく「帰って」なのである。歌に命があるのだ。「所沢」とは私の住む埼玉県の市である。

添削受けて元気吹き込まれ飛び立つ君たち　さあ言葉の大海原に

私の添削が「元気」を吹き込んだかはわからない。ちょっとお助けしただけだ。ところで、私個人のことで申し訳ないのだが、自宅で小さな塾をやっている。極小塾だから、様々な子が来る。その中でF君を次のように歌にした。

形容詞の例をあげてごらんなさい　せんせい僕は辛い苦しい　（『鉛筆』）

中学三年生でほとんど話さない子であった。これは実際の会話そのままで「辛い、苦しいも形容詞ですよ、正解！」と言ったらF君は笑ったのである。後日談になるが彼は工業高校に進み、資格を沢山取ってから、また来塾して中堅大学の工学部に合格したのであった。忘れられない生徒である。この歌について河野さんはⅡ章で

はじめまして。菅野先生からうたを教わっていて　結構厳しい先生ですよね

「辛い苦しい」と先生に打ち明けた君、歌集『鉛筆』で知って泣いてしまって

という歌を作ってくれた。「打ち明けた」わけではなく、美談でもないのでやや面映ゆいが、むしろ河野さんの純情さに感動した。

そして、去年の暮であったか、私は思い切って「なにかの政治活動をやっているようですが、共産党員ですか」とメールを送った。その通りで、専従活動家だったということを明かしてくれた。なるほど、と納得できる歌がたくさんある。河野さんの短歌、手紙を読むうちに自転車の事故で足腰を痛めてしまい入院、退院後もリハビリテーションのため通院していることもわかってきた。歌から察するに手術も経験なさっている。

さて、河野郁夫短歌には三本の柱がある。一本目はI章「立って、歩いて、うたう」のリハビリテーションの場面だ。「リハビリ短歌」に河野郁夫の真骨頂がある。臨場感がある。医師、看護師、リハスタッフへの感謝、またリハビリの辛さが歌われているが、どこか明るく楽天的なのである。

痛みが酷い日に歌をつくる　歯を食いしばり仁王になって

歌をつくることが彼の痛み止めになる。強い。頑張っている。

そっそ　ソッソ　ソッソオッケーいいですねー　リズムにのせて歌うように

療法士の掛け声そのままである。心がつながっており、本人の動きが見えるようだ。

「おはよう今日の天気は？」「クモガイッパイ」「エッ曇り…」「⁉」

ベトナム出身の娘さんとの楽しい会話である。作者の優しさが溢れる歌だ。

それから、二本目の柱として萩原慎一郎（１９８４～２０１７）の歌集『滑走路』を忘れてはならない。Ⅱ章「わたしの滑走路」には河野さんの心が投影されている。

牛丼と非正規　困難乗り越えようとする姿に励まされて『滑走路』

きっと会っていたんだ、本をリュックに背負った萩原君。私は病気で

えっ、ほんと。こんなところで？『滑走路』の君に会えた　歌集『鉛筆』のな

かで

日本中が騒然として　ぼくが歌づくりを始めたのも『滑走路』を読んでからだから

「こんなところで？」というのは拙歌集『鉛筆』の

ここにゐます　ふりむけばそこに『滑走路』ふらりと入りしブックオフにて

丁寧に『滑走路』受けて青年はレジを打ちつつわが目にほほゑむ

を読んでくれたことによる。とにかく『滑走路』は河野さんに大きな影響を与えたことは間違いない。夭折の歌人、萩原慎一郎の心にしっかり寄り添っている。

『滑走路』はどうなるんだろうと考えたことはありましたか。それはすごいんだ

ここまで真摯に考え、感動するのがいかにも河野さんらしいのである。

そして三本目の柱はⅤ章「『資本論』の学習」である。同志と学んでいるようだ。

ワカッタァー　難関《なんかん》突破し叫ぶ　このうれしさ次のページへ続け

『資本論』がそんなに簡単にわかるのか?と言ってはいけない。「わかる」とは個人の頭のなかでなされる作業であり、私などは「自分の力ではわからないことがわかった」の繰り返しである。この歌は河野さんの喜びを率直に述べているのだ。『資本論』の章には、悩み、考え、そして歌を足したり引いたりした苦悩が見える。

労働者は搾取され抑圧される　それでも労働者の労働は偉大なのだ　自らと家族の生活を守り、社会を支え将来社会をつくるのだから

これも「河野郁夫短歌」なのだ。「だから」どうなのか?と突っ込むのは野暮というものである。短歌ではなく「心からの叫び」なのだから。

河野郁夫短歌には、技巧がどうとか、定型だの自由律だの擬人法だの、文法がどう

のこうのとか…これは散文か…を言う必要はない。読者は先ず、受け止め、泣き、笑い、頷いたり反発したりすればよいのである。

こんな歌集があってもいいではないか。一切の気取り、虚飾、決まりごとを打ち破り、そのまま自分の魂を鷲摑みにして、全く生のまま「どうだ！」と突き付けたのが『さびしくてつらくても、がんばろうとしている人がいるから、「短歌うつくし宣言」ここに。』という歌集なのだ。河野さんは短歌結社に属さない強さがある。

とにかく機は熟し、こうして歌集が上梓されたのだ。私は河野さんの「先生」ではないので僭越ではあるが、ご本人とそのご家族、関係者に心からお祝いを申し上げる。多くの人達に読んでいただきたいし、率直な感想を河野さんへ送っていただきたいと思う。河野さんの短歌がますます輝くこと、健康を回復されて素晴らしい日が続くことを切に願っている。

令和六年三月十八日　記

あとがき

　この年の一月一日、能登半島地震がわたしたちの日本を襲いました。その日から、被害にあったすべての人に届いてほしいと連帯の歌をつくり続けています。それは、熊本地震の一番被害の大きかった町の出身のわたしにとっては、祈るような思いでもあります。自然は自らを痛めつけ壊してまで襲ってきます。そこに住む住民が何か悪いことをしたわけでもありません。やはり、正しい政治、そして政府のもとで、あらゆる事態に備えるべきだ、と考えます。

　昨年秋の終わりに歌の原稿、その原稿がゲラ（校正刷り）になり、校正を重ね、装丁が決まり、本となってゆく。そのことを嬉しく思ってきました。そしてそこには、いつもみなさんがいてくれました。

　わたしには、尊敬するお二人の歌の先生がいます。

　菅野せつ子先生と依田仁美先生です。いいえ歌に止まらず、生き方までも励ましてくれます。「よりよく生きる」という――。

そのお二人に解説と推薦、紹介の文章をいただきました。お二人なしには歌集をつくろうとは思いませんでした。こころからお礼を申し上げます。


これまでの手づくりの『わたしのちいさな歌集』への感想が、友人や読者のみなさんから手紙やメールや電話で。そして様々な機会に一言感想として寄せられました。それらは、時には、激痛を伴う痛みにこらえて歌をつくる強い力となり、さらには生きる支えにもなりました。深い感謝の気持ちを胸に刻んでいます。

こんな新年のあいさつが届きました。

「悔しさや　涙拭って前を向く　昔の友の歌誇らしい」

――ちょっぴり、少しだけ泣きました。

送ってくれたのは、やはり尊敬する先輩の折笠勉さんです。下町の露路を飛び回る少年のような人です。

歌の多くは、この一年半の入院、手術、リハビリ、訪問リハの中で出会った医師、看護師、リハビリの先生、さらにケアスタッフのみなさんに囲まれてつくったものです。そうやって歌が生まれる、その時のことを愛おしく思い出します。みなさんの働く姿が、みなさんの言葉が、表情が、この歌集の生い立ちなのです。やはり、みなさんがいなかったらできないことでした。

青磁社の永田淳さん。三年前に、一冊の歌集を電話で直接注文したことから始まり、今まで親切にしていただいています。同じく青磁社の吉川康さんにもお世話になりました。装丁家の濱崎実幸さん。憧れていても想像はできませんでした。それが、わたしの勝手な要望も汲んでこの歌集をつくり上げてくださいました。それぞれの方々に深く深い感謝を申し上げます。

手にとって、そして最後まで読んでくれたあなたに、「ほんとうにありがとう」と、お伝えしたい。そう伝わることをこころから願っています。

二〇二四年三月八日

河野　郁夫

歌集　さびしくてつらくても、
がんばろうとしている人がいるから、
「短歌うつくし宣言」ここに。

初版発行日　二〇二四年五月五日

著　者　河野郁夫
東京都杉並区今川三—四—六（〒一六七—〇〇三五）

定　価　二五〇〇円

発行者　永田　淳

発行所　青磁社
京都市北区上賀茂豊田町四〇—一（〒六〇三—八〇四五）
電話　〇七五—七〇五—二八三八
振替　〇〇九四〇—二—一二四二二四
https://seijisya.com

装　幀　濱崎実幸

印刷・製本　創栄図書印刷

ISBN978-4-86198-591-1 C0092 ¥2500E